国家出版基金项目
NATIONAL PUBLICATION FOUNDATION

记住乡愁
——留给孩子们的中国民俗文化

刘魁立◎主编

第五辑 口头传统辑（一）

济公传说

周灵颖◎编著

本辑主编 林继富

黑龙江少年儿童出版社

序

亲爱的小读者们，身为中国人，你们了解中华民族的民俗文化吗？如果有所了解的话，你们又了解多少呢？

或许，你们认为熟知那些过去的事情是大人们的事，我们小孩儿不容易弄懂，也没必要弄懂那些事情。

其实，传统民俗文化的内涵极为丰富，它既不神秘也不深奥，与每个人的关系十分密切，它随时随地围绕在我们身边，贯穿于整个人生的每一天。

中华民族有很多传统节日，每逢节日都有一些传统民俗文化活动，比如端午节吃粽子，听大人们讲屈原为国为民愤投汨罗江的故事；八月中秋望着圆圆的明月，遐想嫦娥奔月、吴刚伐桂的传说，等等。

我国是一个统一的多民族国家，有 56 个民族，每个民族都有丰富多彩的文化和风俗习惯，这些不同民族的民俗文化共同构筑了中国民俗文化。或许你们听说过藏族长篇史诗《格萨尔王传》

中格萨尔王的英雄气概、蒙古族智慧的化身——巴拉根仓的机智与诙谐、维吾尔族世界闻名的智者——阿凡提的睿智与幽默、壮族歌仙刘三姐的聪慧机敏与歌如泉涌……如果这些你们都有所了解，那就说明你们已经走进了中华民族传统民俗文化的王国。

你们也许看过京剧、木偶戏、皮影戏，看过踩高跷、耍龙灯，欣赏过威风锣鼓，这些都是我们中华民族为世界贡献的艺术珍品。你们或许也欣赏过中国古琴演奏，那是中华文化中的瑰宝。1977年9月5日美国发射的"旅行者1号"探测器上所载的向外太空传达人类声音的金光盘上面，就录制了我国古琴大师管平湖演奏的中国古琴名曲——《流水》。

北京天安门东西两侧设有太庙和社稷坛，那是旧时皇帝举行仪式祭祀祖先和祭祀谷神及土地的地方。另外，在北京城的南北东西四个方位建有天坛、地坛、日坛和月坛，这些地方曾经是皇帝率领百官祭拜天、地、日、月的神圣场所。这些仪式活动说明，我们中国人自古就认为自己是自然的组成部分，因而崇信自然、融入自然，与自然和谐相处。

如今民间仍保存的奉祀关公和妈祖的习俗，则体现了中国人崇尚仁义礼智信、进行自我道德教育的意愿，表达了祈望平安顺达和扶危救困的诉求。

小读者们，你们养过蚕宝宝吗？原产于中国的蚕，真称得上伟大的小生物。蚕宝宝的一生从芝麻粒儿大小的蚕卵算起，中间经历蚁蚕、蚕宝宝、结茧吐丝等过程，到破茧成蛾结束，总共四十余天，却能为我们贡献约一千米长的蚕丝。我国历史悠久的养蚕、丝绸织绣技术自西汉"丝绸之路"诞生那天起就成为东方文明的传播者和象征，为促进人类文明的发展做出了不可磨灭的贡献！

小读者们，你们到过烧造瓷器的窑口，见过工匠师傅们拉坯、上釉、烧窑吗？中国是瓷器的故乡，我们的陶瓷技艺同样为人类文明的发展做出了巨大贡献！中国的英文国名"China"，就是由英文"china"（瓷器）一词转义而来的。

中国的历法、二十四节气、珠算、中医知识体系，都是中华民族传统文化宝库中的珍品。

让我们深感骄傲的中国传统民俗文化博大精深、丰富多彩，课本中的内容是难以囊括的。每向这个领域多迈进一步，你们对历史的认知、对人生的感悟、对生活的热爱与奋斗就会更进一分。

作为中国人，无论你身在何处，那与生俱来的充满民族文化DNA的血液将伴随你的一生，乡音难改，乡情难忘，乡愁恒久。这是你的根，这是你的魂，这种民族文化的传统体现在你身上，是你身份的标识，也是我们作为中国人彼此认同的依据，它作为一种凝聚的力量，把我们整个中华民族大家庭紧紧地联系在一起。

《记住乡愁——留给孩子们的中国民俗文化》丛书，为小读者们全面介绍了传统民俗文化的丰富内容：包括民间史诗传说故事、传统民间节日、民间信仰、礼仪习俗、民间游戏、中国古代建筑技艺、民间手工艺……

各辑的主编、各册的作者，都是相关领域的专家。他们以适合儿童的文笔，选配大量图片，简约精当地介绍每一个专题，希望小读者们读来兴趣盎然、收获颇丰。

在你们阅读的过程中，也许你们的长辈会向你们说起他们曾经的往事，讲讲他们的"乡愁"。那时，你们也许会觉得生活充满了意趣。希望这套丛书能使你们更加珍爱中国的传统民俗文化，让你们为生为中国人而自豪，长大后为中华民族的伟大复兴做出自己的贡献！

亲爱的小读者们，祝你们健康快乐！

刘魁立

二〇一七年十二月

目 录

真的有济公吗

真的有济公吗

鞋儿破帽儿破身上的袈裟破

你笑我他笑我一把扇儿破

南无阿弥陀佛南无阿弥陀佛

南无阿弥陀佛南无阿弥陀佛

哎嘿哎嘿哎嘿

无烦无恼无忧愁世态炎凉皆看破

走啊走乐呀乐

哪里有不平哪有我哪里有不平哪有我

鞋儿破帽儿破身上的袈裟破

笑我疯笑我癫酒肉穿肠过

南无阿弥陀佛南无阿弥陀佛

南无阿弥陀佛南无阿弥陀佛

哎嘿哎嘿哎嘿

天南地北到处游佛祖在我心头坐

走啊走乐呀乐

哪里有不平哪有我哪里有不平哪有我

相信很多读者都听过这首脍炙人口的电视剧《济公》主题曲，在电视剧里济公亦俗亦僧，亦凡亦仙，亦道亦儒的形象，鲜明生动，让人记忆深刻。本为出家人的济公却打破清规戒律、饮酒吃肉；看似疯癫不羁却又敢于戏谑官府、救民众于水火之中；破鞋烂衫、邋里邋遢、不修边幅的外表下却是一位知识渊博、神通广大、乐于助人的得道活佛。在民间，济公传说发源于浙江、江苏一带，后来随着济公评书、济公小说、济公影视作品的出现，使济公传说传遍了我国大江南北，而济公也成为人人皆知的人物，变成了深得民间百姓喜爱的活佛、圣

僧。那么究竟在历史上，有没有这样一位神机妙算、佛法无边的济世活佛呢？

有学者提出济公应该是历史上真实出现的人物，因为在许多有证可考的历史文献和民间传说中都有关于济公身份的记录。但对于济公究竟是谁的问题，大家又有不同的说法。

一种说法认为济公是一名生于南宋绍兴十八年（1148

年），卒于嘉定二年（1210年），出生于浙江天台，后在杭州灵隐寺剃度出家的和尚。他原名李心远，法名道济，关于他的身世和主要活动事迹主要记载在南宋释居简的一篇铭文——《湖隐方圆叟舍利铭》。这是一篇关于济公舍利子的铭文，舍利是佛家弟子坐化后剩下的骸骨，据说能够从出家人舍利的多少、舍利的晶莹剔透的程度，来判断佛家弟子道行的高低。因为济公的舍利子不仅晶莹剔透而且数量众多，令人称奇，所以释居简为他写下了这篇铭文。铭文中记载，济公出生于天台临海，是都尉李文和的远房孙，也算得上出生于官宦世家，后受度于灵隐寺佛海禅师。他平时生活态度狂放不羁，

济公画像

行为举止散漫慵懒，但个性耿直为人清白。道济虽常常身穿破衣烂衫，嗜好饮酒，寝食不定，但经常自告奋勇地替老和尚或生病的僧人求医问药。此后，明代田汝成的《西湖游览志余》还提到，因为道济行为癫狂、常与市井俗人相伴，人们以为他是疯子，所以又称他为"济癫"。明代僧人大壑的《道济传略》、僧人明和的《二癫师传》里也都有关于道济的行为举止疯狂，救人苦难的文字记

5

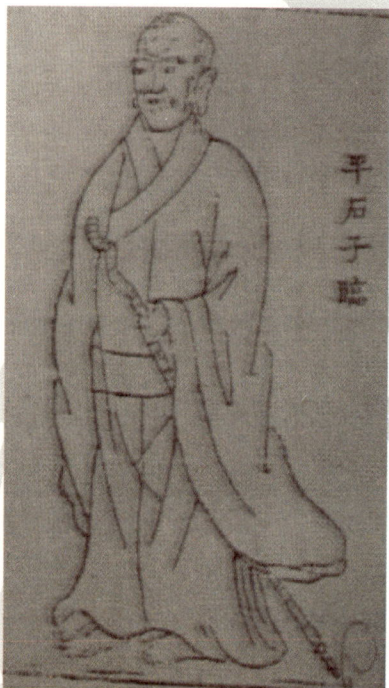

《钱塘湖隐济癫禅师语录》中的济公画像

录。因为《湖隐方圆叟舍利铭》是历史上最早的关于道济的文献记载，并且里面道济的形象和人物事迹又与我们熟知的济公非常相似，所以有人认为济公就是南宋道济本人。

一些人则认为济公应该来自更早的南朝。在清末蒋瑞藻先生的《小说考证》中提出："实则南宋初无是人，乃因六朝宝志而伪传者也。"意思就是，其实南宋并没有济公这个人，而是六朝僧人宝志和尚误传的。学者们通过对较全面记载济公传说的《醉菩提》进行分析后认为人们把济公名字和时代都搞错了，将"志公"（宝志），误称作"济公"。根据《宝华山志》《花朝生笔记》记载，俗家姓朱，是句容北乡东阳镇人。在他刚出生的时候，脸蛋虽然生得很清秀，但四肢却像鸟爪一样。他的父母怕他日后不能像正常人一样生活，便在他七岁的时候将他送到了南京道林寺出家，这也就是"道济"这一称呼的由来。相传他成年后所做谶语都非常灵验，所以民间又将其谶语称为"志公符"，

在《南史》各传中都有记录。还有传说当道济老了以后竟然具备了灵异的法力，然后他又回到了家乡华山，在那儿广设道场。据说梁武帝都从南京专程前来拜会他，还为他置办斋饭，招待四方前来膜拜的僧侣。华山也因为沾了宝志和尚的光而闻名于世。此后，人们便在"华山"这一名称前加了一个宝志的"宝"字，所以直到今天华山也被称为宝华山。到了元代，文宗皇帝还封宝志为"普济圣师"，所以后人又称宝志为道济和尚、济公活佛。

还有人将济公与四川遂宁安居区毗卢寺的"癫师爷"联系起来，提出"杭州济公出自灵隐寺，遂州济公得道毗卢寺"的看法。毗卢寺位于遂州以西 35 公里华藏山，

南京宝公塔与志公殿简介

此山终年云雾缭绕，植被茂密，似仙境一般。在唐朝，有僧人在此山中传播佛教，后经历代僧人的辛勤努力，于宋代毗卢寺得到了大规模扩建，一直到清康熙二十三年（1684年），声名远播的毗卢寺成为皇家禅林广德寺东法堂。清嘉庆元年（1796年）三月初八一位名叫俊成的小孩出生，在他少年时曾与父亲一起去广德寺游玩，当他见到巍峨的庙宇和庄严的佛像，便下定决心以后要在此出家。终于在他七岁时，在毗卢寺削发剃度。俊成每日勤奋学习，尊师重教，深得大家的喜欢，最终受赐"清心大师"的法号。相传，清道光年间，济公和尚来到毗卢寺挂单，因为济公长相丑陋、破鞋破帽、貌似疯癫，所以没有僧人愿意与他来往。只有清心每日给他送饭送水，关心照顾济公。此后济公就将各种佛法、玄功传授给他，日后清心也开始效仿济公和尚，外表上疯疯癫癫，可是却怀着一颗仁爱济世、济世救民的心。人们都尊称他为"癫师爷"，此后癫师爷一个个劫富济贫、惩治恶霸、妙趣横生的传说故事在全国各地广泛流传开来。到了清末，作家郭小亭将毗卢寺癫师爷的传说与灵隐寺道济的传说相结合，创作了一部家喻户晓的章回体小说《济公传》。所以我们现在流传的济公传说故事部分是来源于毗卢寺癫师爷的故事。

不过，也有人提出我们今天在民间传说、小说文学、戏曲表演、电视剧中出现的济公，其实已经不能再追溯到历史上某一个具体的人物上了，我们现在家喻户晓的济公传说也并不是历史上真实发生在济公身上的。虽然在历史上，济公是真实存在的，他的事迹可以在相关历史文献和文学作品中找到，如上文我们提到的《湖隐方圆叟舍利铭》《醉菩提传奇》《花朝生笔记》等，但我们现在所说的济公传说和其形象，却经历了漫长的佛教创造、民众附会、民间艺术形式和文人加工的过程。人们将其他具有怪异行为、却同时拥有高尚品质、乐于助人、济困扶危难的僧人形象和相关的民间传说重新整合，转换成发生在济公身上的故事，最后这些民间传说和高僧传说中的形象都附加在济公这个人物形象上。济公的形象也因此经历了由历史真实人物到传说中的虚构形象，传说故事也不断由单纯的记述到具有繁复的情节、内容、人物的发展过程。可以说，济公是中国民间大众共同想象的结果，济公传说故事和形象在历史过程中的不断丰富，不仅使济公传说能够经久不衰、生机勃勃，也真实地反映出民众的集体心灵期盼，人们喜爱济公，因为他敢于冲破戒律的自在率真的形象，也因为他扶危济困、彰善罚恶的美德。

济公传说怎么来的

| 济公传说怎么来的 |

自南宋起，济公传说经过不断的变化，在不同的朝代，因为不同的历史事件和民众的心理需求变成了更加多元、丰富的济公传说群。济公传说出现了两个明显不同的故事群。一者，以济公传说的诞生地浙江为中心，向江苏至福建等南方地区辐射，作品以《钱塘湖隐济颠禅师语录》《醉菩提》《醉菩提传奇》《麴头陀全传》为代表；另一者，是以北京为中心向天津等北方地区辐射，以《评演济公传》为代表，在传说情节、内容、人物形象方面都与传统济公故事有较大区别。在本章节中，笔者将带领小读者们穿越时空，领略各个不同历史时期济公的形象和济公传说。

宋元时期有关济公的传说基本都记录在铭文、佛教典籍和禅师语录之中。对济公传说的记载较为重视真实性，并没有对济公所具有神奇法术进行夸张描写。济公传说的最初原型是南宋时一篇名为《湖隐方圆叟舍利铭》的舍利铭，其中只记载了有关道济的出身官宦之家、性情豪放、为人处世洒脱、乐于助人、癫狂嗜酒等故事情节。不过，到了后期在《如净和尚语录》中有一首名为"济癫"的诗，其中写道"天台山里五百牛，跳出癫狂者一头"这一句提到了济公传说中济公罗汉转世出生的故事情节，在这里五百牛就是指五百罗汉。一直以来，中国的罗汉信仰是与高僧信仰密切相关的，因济公圆寂后出现的大量晶莹剔透的舍利子，所以民众认定他是高僧，之后将其与出生与罗汉转世联系在一起，也就不难解释了。另外，宋元时期的济公并不是一个非常出名的僧人，在许多重要的禅宗典籍中都没有提到道济，但因当时宋代民间传说中经常会出现一些癫僧、异僧的形象，所以在济公传说中，人们有意或无意地将一些异僧、神僧的传奇事迹附会在济公身上，使济公的人物形象变得愈发丰满，济公逐渐由一个

人世间的凡僧变为神人。总结来说，宋元时期是济公传说诞生的初期，这一时期有关济公的传说更加注重真实性的记载，但因时代文化的影响，济公的形象有从凡僧逐渐转变为神僧的趋势。

明代到清代初期是济公传说发展变化最快的时期，这一时期的济公传说多保存在文人笔记中。而且随着话本艺术的发展，说书人和百姓自发地在民间搜集整理了大量济公传说故事，在形成独立完整的话本之后，文人又对话本进行文学化和艺术化的加工，继而产生了济公小说。明代隆庆年间的《济癫语录》是目前所见最早的济公小说，之后的《济癫大师醉菩提全传》《麹头陀新本济公全传》以及《醉菩提》

都部分借鉴了《济癫语录》中的情节。这些由文人创作的济公小说使济公传说的情节、内容得到极大的丰富和扩充，济公的传说愈发具有传奇色彩，趣味性也随之增加。这一时期，民间话本中兴起的和尚与妓女的故事模式也被吸纳进济公传说之中，演变成为最著名的济公传说故事《红倩难济癫》。同时济公形象也因为增加了艺术性、文学性的因素，而由一个历史上的真实形象改变为一位离经叛道而且颇有神通的活佛圣僧。也正是因为有文人的艺术化加工过程，济公传说故事的叙事越来越注重对传说整体结构的安排。例如在百花文艺出版社出版的《醉菩提全传》中使用了一种因缘结构，即作者在全书的总结篇中述说整个传说故事的全部因缘，即此世人所遇到的人和事，皆是因前世或往世的因缘所决定。整体而言，因话本等民间艺术的兴盛和文人文学创作的介入，明代到清初的济公传说从情节、内容、人物形象上都变得越来越丰富和

《醉菩提》封面

《醉菩提全传》插图

《醉菩提全传》插图

成熟。

清中后期到民国的济公传说主要是指京津一带的济公传说，包括济公传评、济公传鼓词以及郭小亭的《济公传》等大量续书。这一时期的济公传说是距离我们当今最近的，也是与之前济公传说差异最大的。以郭小亭的《济公传》为例，虽是文人创作的济公传说，但比较之前的《醉菩提》《济癫语录》，无论是在故事情节还是故事结构都几乎完全不同，该书讲述了济公与一群绿林好汉行侠仗义、为民解忧的故事，其中也有一些神怪色彩的妖怪故事。正是由于当时的社会环境以及通俗小说的盛行，导致济公传说的再次转变。这一时期还产生了大量续书，虽然这些

续书将笔调集中体现在济公传说的荒诞性上，有时显得过于直白，缺乏艺术性。但是，这些济公传续书中也透露出一定的时代痕迹，例如在《二十六续济公传》里提到中国沿海百姓患上了一种"失血症"，整日昏沉无力、不思饮食，死后面白如纸，不见一丝血色。其实这就是当时吸食鸦片的中毒现象。这一时期的济公传说增加了神怪和侠义色彩，并且在当时国运危亡的时刻，济公

常喜爱的人物形象。

现在让我们结束这场穿越时空的历史探秘，相信大家对济公的形象和济公的传说都有了更加深入和全面的了解。我们知道，今天我们所看到、听到的济公传说和八百年前南宋时期的济公传说已经有了翻天覆地的变化，在其中时代的社会因素、文人创作以及民间艺术的影响共同决定了济公传说的变化和济公形象的不断更新。我们有理由相信，在一百年后，济公传说可能会生发出更多新的故事情节、内容以及人物形象，因为正是这样的变异性让济公传说能够流传至今，并依旧被我们所传播和传承。

传说也增添了批判现实的意味。从济公的个人形象来看，对比自南宋以来的济公画像或是济公形象的描述，济公的外貌经历了从原来朴素的行走僧到饰物（蒲扇、草鞋、葫芦）的增加再变为僧人打扮的淡化的过程，而济公的内在个性则在时代的变迁中不断增加了侠气、市井气息和幽默感，最终成为百姓非

济公出生浙江天台，俗姓李。恰逢国清寺罗汉堂里的降龙罗汉像突然倾倒，民间便以为是一位降龙罗汉投胎，为民除害……

济公传说讲了什么

| 济公传说讲了什么 |

济公早在八百年前已经作古，但济公的传说却从一篇短小凝练的舍利铭，经过历代民间传说的不断附会，发展成为上千回的济公小说，至今济公传说仍在以不同的方式不断地传播着、发展着。不同来源的传说故事汇聚于济公身上，使济公逐渐由历史真实人物变成了文学中虚构的活佛形象，而济公传说也逐渐发展出了多种主题的故事群。那么，如此丰富多样的济公传说到底讲了些什么呢？在许尚枢《济公传说简论》一书中，将济公的传说予以总结和提炼，概括出济公传说主要有三个方面的内容：1. 不平凡的身世和少年生活的传说；2. 扶危济困和戏佞降魔的传说；3. 蕴含民俗风物的传说。在此我们分别选择几则非常具有代表性、深入民众内心，且在民间广泛流传的济公传说介绍给读者。

不平凡的身世和少年生活的传说

相信很多读者都对济公的生平信息感兴趣，济公究竟是什么时候出生的？济公又活了多大年岁？通过对各种史料的搜集整理，我们可以知道济公的生辰可能是在宋高宗绍兴十八年（1148年），卒于宋宁宗嘉定二年

（1209 年）。不过，对济公的寿命人们又有不同的说法：六十、六十二、七十、七十三、八十、八十一，不一而足。但在民间，人们并不关注济公生卒的具体时间，而是强调其出生的方式。有关济公出世的传说有着多种不同的说法，但其中又以罗汉转世的传说流传最为广泛。济公不平凡的出生，也预示着他日后的种种怪异行为。

传说在北宋时期，浙江天台北门外永宁村的李家庄有一对夫妻。丈夫名叫李茂春，是个当地秀才，妻子名叫王氏，贤惠持家。他们一家人待人友善，为人正直、诚实，附近的乡亲们都很尊重他们。可是这对夫妻一直到了四十多岁，仍没有生下

孩子。

一天，他们来到国清寺求子，方丈问他们有什么困难。李茂春说："我们都不好意思说啊，我们夫妻两人已经年过四十岁却还没有生下一子一女，因此特地来此求佛。"方丈回答道："原来是为了这事，你们平日的善心善行佛祖都知道，所以放心，你们一定能如愿以偿。说着方丈便带他们来到大雄宝殿。方丈带着他们先拜了正中的如来佛祖，再拜了周围的十八罗汉。拜到第十七尊罗汉时，妻子王氏看到这尊慈眉善目、笑眯眯的菩萨，一时竟然呆住了，只觉得在哪里见过这尊菩萨，可是一时又想不起来，口中喃喃说道："这是……"方丈立即告诉她："这是降龙罗汉

呀！"李茂春赶紧扯了扯她的衣角，说道："你没看见前面有条龙吗？"王氏这才醒悟，跪拜下去。

出了大殿，李茂春埋怨妻子。可是方丈却说，王氏这一怔其实是好事，你们明年肯定能得子了。李茂春夫妇将信将疑，但还是心怀希望地与方丈告别回家了。

说来也怪，不久，王氏还真的就怀孕了。一个月、两个月、三个月……不知不觉已满了十个月，可是到了分娩的时候，王氏一直肚子痛可就是不生产，后来慢慢地肚子竟然也不痛了。这样又过了一个月，王氏的肚子又痛了起来，痛得她满头大汗，直打滚，可是孩子仍旧没有生下来。

李茂春没有办法，只得又赶到国清寺，求菩萨保佑母子平安。方丈笑呵呵地迎上来，陪着他进了大雄宝殿，又来到降龙罗汉面前。李茂春刚要跪下来，突然"哗啦"一声，罗汉倒了下来。李茂春吓得面如土色，方丈把李茂春搀起来，安慰道："不碍事，不碍事，罗汉走啦！你赶紧回家去吧。"

李茂春一头雾水，但见方丈催自己回家，也就回去了。快走到家门口时就听到一声响亮的婴儿啼哭声。他高兴得合不拢嘴，急急忙忙地往家里跑去，跑进房间一看，果然，妻子身旁躺着一个白白胖胖的新生儿。

可是这孩子从出生以来，就日夜啼哭不止，李茂春夫妇用了无数办法都行不通。李茂春急得如热锅上的蚂

|灵隐寺济公壁画——济公出世|

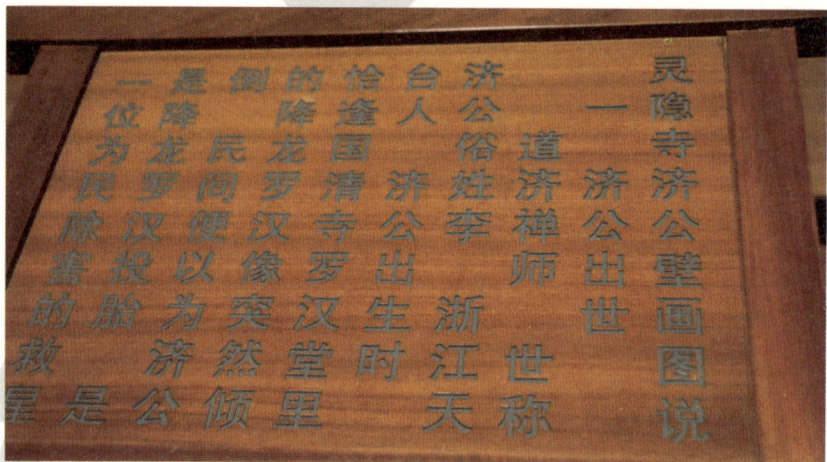

灵隐寺济公壁画图说

一
济公道俗姓李出生浙江世称济公出世

济公一俗姓李禅师济公出世

蚁，只得又跑去国清寺。方丈安慰他说："你别急，过三天，我上你家去。"等到第四天，方丈来了，方丈叫李茂春把孩子抱出来，那孩子还是哭叫不停，声音倒是特别响亮。方丈揭开婴儿的

|《醉菩提全传》插图|

襁褓，奇怪的是，那孩子看到方丈也不认生，却好像认识般眼睛直直地盯着方丈。方丈用右手在孩子的天庭处摸了摸，边摸边说："别哭，别哭，既来之，则安之。"哪知这话音刚落，那孩子便停止了哭叫声。

李茂春高兴极了，认为这孩子和佛祖有缘，便给他取了"修缘"的名字。方丈说："这孩子是个不同凡响的人，以后长大了一定可以做到济世救民，我再送他一

个号叫道济，你看如何？"李茂春连声说"好"。

据说，因为如来佛祖莲花座前的大鹏鸟触犯了天条，私自逃到了人间，所以佛祖让降龙罗汉，也就是后世的济公，转世下凡，回到人间去寻找大鹏鸟的下落。降龙罗汉在经历了千辛万苦后，最终完成了自己的使命，在国清寺投胎转世到了李茂春家。

虽然民间传说中济公是由罗汉转世而生的说法赋予了济公一种半神半人的"活佛"特征，是民间对济公"神化"的一种手段。但在浙江天台民间确实存在紧密联系着当地风物的上百种济公传说，除了上文神奇的济公出世传说之外，还有许多有关济公童年生活经历的传说。

例如《初到灵隐寺》《来去国清寺》《修缘出家》《近水救远火》《深潭隐身救伙伴》等。

《近水救远火》讲述了这样一个传说：话说在修缘九岁的时候，有一天他娘急着烧中饭，便让修缘去溪里洗芥菜。哪知，等到他娘把锅灶烧得通红，汤都烧滚开了，修缘都还没有把菜拿回来。他娘忙去溪边找他。没想到，修缘站在溪水中央，拿着芥菜叶朝天一甩一甩的，一边还高声叫着："快来救火啊，杭州净慈寺着火了。"

他娘过去便骂道："讨债鬼，你在这倒玩儿上了，我在家里等着你的芥菜呢。"修缘用手指着远处，忙给他娘解释："妈，我没有玩儿，净慈寺真的着火了，你看都冒着青烟呢！我洒水是为了救火呢。他娘朝远处望了望，没有看到什么青烟，觉得修缘是在撒谎，便厉声说道："还要狡辩，看你爸回来不打你才怪呢！"

过了几日，李茂春从杭州办事回来。王氏把前几天儿子用芥菜叶泼水的事情跟他说了。李茂春说："这也真是奇怪了，五天前净慈寺真的着火了，我那时正好也在。只听见有人喊'不好了，不好了，安养堂还有几个老和尚没有逃出来呢'。可是这时的火太猛了，人根本没法靠近。正当人们束手无策的时候，从东南边飘来了一朵乌云，不一会儿，一阵大雨应声而下，把火给熄灭了。最奇怪的还是，这雨里面竟然还带着几片芥菜叶呢。"

听完这话，王氏怔住了，说道："孩子他爹，咱们这孩子怕是有些不寻常啊！"然后将几天前在家里发生的事情告诉了李茂春。

过了几天，李茂春越想越奇怪，又跑到国清寺找方丈。方丈听了，拍手称赞道："修缘一定是前程无量的。"从此，李茂春夫妇请来了一个老师，教修缘读书识字，因修缘聪慧极有天赋，往往能从书中的只言片语中悟出许多道理。后来，修缘还真的与净慈寺有了许多不解之缘。

这一类型的传说，基本是以济公的生平经历为传说的主线，以济公非凡的出生和济公年少时神通显现的故事为主，不仅突出了济公幼年聪慧、心地善良、乐于助人的良好品质，也预示着济公日后种种不平常的生活。

扶危济困和戏佞降魔的传说

扶危济困和戏佞降魔两个主题在济公传说中是最为常见的，而且也是数量最多的。这两个主题的济公传说主要讲述了济公惩恶扬善、嫉恶如仇、为老百姓伸张正义、济世救民的故事。在这类传说中济公通过使用神力和极富智慧的方法，在诙谐、戏谑的氛围下轻松地解决民众的困难。这种类型的传说有《竹篮打水》《变牛谢老农》《济公救少女》《猪掉粪池》《济公惩恶棍》《棒打寿联飞》《济公斗蟋蟀》《智救朱寡妇》《该当何罪》《三难吹牛大王》等等。下面给读者简单介绍其中的几个故事，让大家看

看济公究竟是一个什么样的人，他究竟又有什么样的神奇本领和过人的智慧。

《济公斗蟋蟀》的故事讲述了在南宋绍兴年间，当朝丞相之子罗勋是个败家子，不仅整日一事无成，终日迷恋斗蟋蟀，而且喜欢欺压百姓，横行霸道。罗勋家有一个木匠名叫张煜，他不小心放走了罗勋的蟋蟀，后惨遭一顿毒打，还被要求赔偿数千银两。张煜走投无路，便上杭州灵隐寺请求济癫和尚帮忙。济癫和尚仗义相救，施展法术，使一只普通的蟋蟀斗败了公鸡。罗勋为了买下这只蟋蟀，不仅支付了重金，还免去了对张煜的索赔。罗勋心满意足地带着刚买的蟋蟀回家后，不料那蟋蟀又一次逃走。为了寻回蟋蟀，

罗勋拆墙毁屋，最后被倒下的房屋压成了肉泥。南宋年间，"斗蟋蟀"成风，众多权势子弟们沉迷于此，荒废生活，因此也产生了一系列

连环画中《济公斗蟋蟀》

连环画中的《济公斗蟋蟀》

有关济公斗蟋蟀的传说故事，其中不仅揭示了封建权贵的残暴和荒唐，也称赞了济公扶危济困、嘲弄官府的品质。

《棒打寿联飞》讲道，某年天台县知县老爷要过五十大寿，土豪劣绅豪掷千金，纷纷送礼祝寿。可是老百姓连饭都吃不上，没有一个人送礼。知县老爷一生气，加重了百姓的税负。济公得知此事，便写了一副对联作为礼物送给知县老爷。知县以为是副寿联，便让济公当众念出来。这副对联的上联写着："大老爷过生日，银也要，金也要，珠宝也要，红白一抓，不分南北。"下联道："小的们真该死，麦没收，谷没收，豆儿没收，青黄两不接，送啥东西。"知县一听，气得差点晕过去，

便让衙役杖打济公五十棍。奇怪的是，衙役每打济公一棍子，济公身上就飞出一副寿联，只见寿联越飞越多，飞出了县衙门，老百姓们看见了都拍手称赞，知道济公在替他们出气呢，而知县也被气得半死。

《七粒米、八担水》的故事："七粒米，八担水"是杭州人节约粮食的一句口头禅，这句口头禅的来源与济公也有关系。话说，修净慈寺时，临安城内外许多能工巧匠都主动赶来帮忙，虽然工地上一片热闹，可是才过了一个月，寺里化来的斋粮便吃光了。老方丈十分担忧，济公说我有米，便从怀里的小粮袋里数出七粒米，放进千人锅里，又挑来八担水，倒进锅里。济公把柴火点好，盖起锅盖，拿着破蒲扇扑哧扑哧地扇着，不一会儿工夫，满满一锅热气腾腾的白米饭就煮好了。

《济公扫秦桧》说到秦桧到灵隐寺拜佛，济公拿着一把扫帚和一根吹火筒在山门迎接。秦桧好奇地问济公这两样东西有什么用处？济公答道："这扫帚在佛堂中是用来扫除灰尘的，在金銮殿上则是扫除佞臣。这吹火筒，两头都通，私通外邦，对着一吹，狼烟四起。"众人见秦桧听后面露难色，连忙解围说道："他是个疯和尚，别见怪。"在民间，济公惩罚秦桧的故事还有《大闹秦桧府》的传说，描写了济公不惧权贵，怒斥秦桧，并施法保护了良家妇女。

通过上面几则故事，相

信每一位读者对济公都有了更深入和全面的认识，在你们各自心目中济公的形象一定也得到了不断的丰富。那你们会如何形容济公呢？他不畏强暴、外俗内仁，心中处处想着贫困和受压迫的百姓；他神通广大，善于利用神力和智慧巧妙地解决困难；他破烂不堪的外表和疯癫的行为中透露出的是他慈悲为怀、扶危济困、乐于助人的高尚品格。林语堂先生曾说过："中国民众所爱戴的最伟大的疯和尚无疑是济癫和尚。"从衣着到言行，"癫"成了济公标志性的特征。事实上，世间上的万事万物都是相辅相成的。济公外貌形象的邋里邋遢，反而衬托出其高尚的道德品质；

他滑稽和疯癫的言语，反衬出其中蕴含的深邃的人生哲理；他"酒肉穿肠过"的不羁和反叛行为，也反衬出他真正达到了"佛祖在心中"的最高追求。济公的个人形象通过一个个民间传说，鲜活地展现了出来。我们在不断地了解济公，被济公的个人魅力所吸引，同时也在不断地传承着济公的传说故事。这是因为我们喜爱济公，我们需要向济公学习，学习他身上助人为乐的优良品质，学习他的幽默风趣和豁达开朗的生活观，更是因为在当今社会我们需要济公，济公给予我们一种淡泊名利、追求真我的勇气，让我们在面对困难时，敢于面对现实，敢于改变现状。

济公传说传到了哪儿

济公传说传到了哪儿

济公文化是中华传统文化的重要组成部分，在我国香港、澳门、台湾地区都有深厚的济公信仰和济公崇拜，甚至在东南亚各国兴起的民间宗教体系中济公也占有突出的地位，就连欧美的朋友也知道并喜爱济公活佛，亲切地把他称作中国的"佐罗"。

在宝岛台湾，对济公的崇拜和信仰则可以上溯到清代。据《台北市寺庙神祇源流》一书记载，台湾的济公信仰源于清光绪九年至十二年（1883至1885年）中法战争，因为战争的影响济公信仰被带入台湾。1949年后，

济公信仰的规模和影响力逐渐扩大，在台湾的寺庙兴起了以济公为主的祭祀活动。到20世纪80年代，台湾"大家乐"流行期间，济公一时间竟成为赌民们最信仰的神灵。众多赌徒竞相到济公庙求牌、开运。同一时期，电视连续剧《济公》在台湾热播，据统计，台湾供奉济公的庙宇有4000多处，有登记的信众超过百万，还在嘉义市成立了一个名为"济公活佛交流会"的组织，可以说济公信仰在台湾民间达到了狂热程度。现在，在台湾，无论是城市或是乡村，对济公的信仰无处不在。在济公

信众的家中有为济公专设的香案，供奉济公像十分常见。济公庙、济公坛、济公堂在台湾的社区中也非常多见。与大陆的济公信仰相比较，台湾济公信仰中较为特殊的是，在台湾信仰济公的庙宇或社区中，都会选出一个活的"济公师父"，也就是"乩童"，主要负责占卜吉凶、问疑答疑等事宜。总体来说，台湾的济公文化传播非常广泛，不过其部分涉及迷信、赌博活动，所以对台湾的济公信仰也应该保持客观的认识。

在东南亚地区也有济公文化的传播，其主要是活跃于一个名叫德教会的民间宗教组织。德教是起源于我国广东潮汕地区，后随着移民浪潮而在泰国、马来西亚和

|台湾济公堂|

新加坡等东南亚国家兴起的民间宗教。德教初创于20世纪30年代，主要实行以"阁"或"善社"为单位的组织形式。在新、马、泰，经政府合法注册的德教会组织已多达二百多个，"德友"数量也已突破万人。不同的宗教信仰都有其独特的神灵体系。以道教为例，道教的神灵体系非常繁复，简单来说最高神是三清，即玉清、上清、太清三位尊神，接下来就是玉皇大帝与王母娘娘执掌的天庭，其下又有各种太君、星君、雷公电母等等。神灵体系是一个宗教创立所必须的条件，通过神灵体系我们也可以剖析该宗教信仰的内涵和形成的过程。德教的神灵世界称为"德德社"，因为德教倡导"五教

同宗""诸教归一德"，所以在"德德社"中既有佛教、道教的神灵，也有基督教、伊斯兰教以及其他民间信仰中的神灵。济公和尚在德教中通常被尊称为"道济天尊"，道济天尊被尊为德教济系的主坛师，地位崇高，深受德教信徒的爱戴和敬仰。在广大德教教友的家中甚至身上都会安置济公像，方便朝夕礼敬。与台湾济公信仰中的"乩童"相似的是，东南亚地区的济公信仰也比较重视迷信宗教活动——扶乩，通过扶乩，济公常常会显灵，降下神谕，为德友们指点迷津。

不论是在台湾流行的济公信仰还是东南亚地区华人创建的德教，作为中国传统文化的济公文化，无疑成为

海峡两岸、异国他乡无数中华儿女所共同承载的宝贵文化财富，也为巩固中华民族团结复兴、凝聚社会力量发挥了积极的作用。

济公传说怎么传播的

| 济公传说怎么传播的 |

济公这样的人物是值得我们学习的榜样，也是中国优秀文化传统的代表，那么我们可以通过哪些途径来了解和传承济公传说呢？其实，今天我们不仅能在文学作品中阅读济公的传说，了解济公，还可以通过影视渠道更加生动地认识济公，同时在许多艺术家的雕刻、绘画作品中也不乏出现济公的形象，所以一直到今天，济公的传说和有关济公的崇拜仍在以多种形式延续和发展。这是因为济公已经成为老百姓喜闻乐见的人物，他的乐善好施、个性自由、不拘小节、扶危济困的高尚品德也让他成为人们向往平等、和谐、幸福生活的精神偶像。同时，济公的文化精神也对社会道德和民众心理起到了一定的规范和调适的作用。

文学作品中的济公传说

有关济公传说最早的文学作品是明代的《红情难济公》，但不幸此本已经失佚。其后就是明隆庆年间沈孟柈的《钱塘湖隐济癫禅师语录》，到了明清之际又有署名天花藏主人编写的一本《醉菩提全传》，又名《济癫大师玩世奇迹》，从济公"罗汉投胎"讲起，提到了济公"不甘欺辱入净慈"

之后使用法术和智慧修造佛殿、惩凶罚恶的众多经典传说故事，全文以济公九十三岁圆寂结束。这部作品中的各个故事之间基本没有情节关联，但是却撷取了济公的精彩人生片断，使一个出世高僧，嬉戏怒骂、扶危济困的形象跃然纸上，全书还收录了济公的多道诗偈，更加全面丰富地展示了济公的个人形象，算得上是一部优秀的济公系列作品。到了清初

《小济公传》插图

王梦吉撰写了《鞠头陀新本济公全传》和清乾隆年间吴门仁寿堂刊刻的《济公传》，所叙述的故事与明沈孟柈的《钱塘湖隐济癫禅师语录》基本相同。后清代郭小亭的《评演济公传》共二百四十回，是济公传说故事的集大成者，主要讲述了济公不凡的出生和其游走天下，一路惩善扬恶、救世济民的故事。自《济公全传》问世以来，各式各样的相关续书层出不穷，如《济公后传》《小济公传》《济公前传》《济公续传》《续济公传》《绣像济公传》以及《四续济公传》等等。这些续书中，济公的传说多由许多独立的故事连缀而成，虽名为续集，但其情节却可以完全独立于《济公全传》。

当代著名童话作家孙幼军的《小济公传》是一部非常适合小读者们品读的作品，作者结合童话和章回体的写作手法，生动活泼地讲述了南宋年间一对少男少女仗义行侠的武侠故事，可以算作当代儿童文学的创举。书中共配有一百三十余幅形象生动的黑白插图，既迎合了少年儿童的读书爱好，又使小说增添了一股历史的传统气息。

《小济公传》插图

统气息。

可以说，济公的形象通

济公连环画

41

《济公斗蟋蟀》
插图

过各个历史时期、风格迥异的文学作品得到了丰富和升华，济公的传说也随着时代的变迁不断地更新、变异，变得更加具有多元化和充满生机。

影视作品中的济公传说

大家可以想象一下，在我国电视、电影还不发达的年代，济公的传说如何通过表演的形式进行传播？答案是通过济公戏剧，济公戏剧通过对济公评话、小说的改编，并使之活跃在我国说书、戏剧的舞台。评话是以我国地方方言来进行表演的传统说书形式，在各个地方又有不同的评话，如南京评话、扬州评话、福州评话等。评话集合了说书和吟唱的表演方式，因其在表演过程中常常穿插一些评论，所以与传统的通过口头讲故事的评书又有所不同。说到济公戏剧，就不得不提一位名叫筱芳锦的老先生，筱先生在上世纪40年代上海老闸戏院演出的72本连台戏《济公传》中，惟妙惟肖、生动活泼地饰演了济公，深得观众喜爱。筱先生还曾饰演过济公、包公、关公，所以被人们亲切地称为"三公先生"。

自上世纪80年代开始，一系列有关济公传说的影视作品如雨后春笋般地涌现出来，各大卫视、影视公司竞相创作了近30部济公系列电视剧和20部电影作品。1985年由上海广播电视台、杭州电视台制作，游本昌先生主演的电视连续剧《济公》可以说让济公真正家喻户晓。游本昌以诙谐自如、妙趣横生的表演不仅让济公走进千家万户，其自身也因此获得了更高的艺术成就。综合来看，近年来济公系列的影视作品变得越来越搞笑、离奇，济公身上的娱乐和喜剧色彩日益被发现和挖掘。1993年由周星驰、张曼玉等人主演的《济公》便是济公形象逐渐娱乐化的典型。影片讲述了周星驰扮演的天上伏虎罗汉因与众仙打赌，化身为济公和尚来到人间，游戏人间并普度众生。后与九

世乞丐、妓女和大盗三人为友，不断感化三人的故事。

在小读者们最喜欢的动

电视剧《济公传》剧照

《济公》电影海报

|《济公斗蟋蟀》剪纸动画片|

|《济公斗蟋蟀》剪纸动画片|

|《济公》3D动画片|

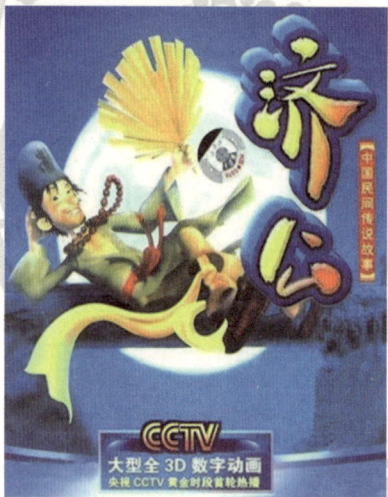

斗蟋蟀也是济公传说中最为出名的故事之一。剪纸动画片将中国的剪纸艺术与中国水彩画技艺巧妙结合在一起，借鉴皮影戏中的动作技巧，展现出了与众不同的艺术风格。之后，一直有济公系列的动画片上映，如1999年由中央电视台动画部制作的25集《济公传奇》。2005年数字动画《济公》作为首部由中国人自己制作的全3D动画片，一共有20集，演绎了17个经典的济公传说故事，如耳熟能详的斗蟋蟀、飞来峰、大闹秦相府等等。

画片中，最早的一部济公系列动画片是1959年由上海美术电影制片厂制作的剪纸动画片《济公斗蟋蟀》，该片改编自《济公传》，济公

一直到今天济公的形象仍然活跃在电视、电影以及动画的屏幕之上。人们通过自己的想象，不断地丰富济公的形象，不同作品中的济

公形象也许与传统民间传说中的形象相符，也许已经被改得面目全非，但在其中济公文化的核心精神，济公匡扶正义、逍遥自在的形象和带给整个社会的正能量是不能被改变的。

济公三杰

"济公三杰"并不是指有三位济公，而是指有三位因为济公而闻名的人物，他们分别是出演济公的著名表演艺术家游本昌先生、精于济公塑像雕刻的中国工艺美术大师高公博先生以及因画济公像出名的画家戴云辉先生。三位先生用不同的艺术表现手法，各自施展绝技，让济公的形象更加生动，也让济公传说的传承得以实现多元化并且更加深入人心。

演济公——游本昌，江

2010 年数字电影《济公》剧照

1985 年版电视剧《济公》剧照

苏泰州人，生于 1933 年，在 52 岁时因主演电视剧《济公》而走红，并获得 1986 年第四届中国电视金鹰奖最佳男主角的荣誉。和六小龄童所饰演的孙悟空一样，游本昌先生所饰演的济公可谓是我们心目中永远无法磨灭和替代的经典形象。据公开资料显示，游本昌老先生曾在 1985 至 2010 年间五次出演济公，自 1989 年游本昌先生或是自己掏腰包或是通过自己成立的"北京本昌文化传播中心"投资，一直到 2010 年参演的两部数字电影《济公之古刹风云》和《济公之茶亦有道》都是游老先生卖掉自己的房子才得以拍摄制作的。小读者们肯定会好奇，这游本昌老先生是不是演济公演着魔了？其实，

这与游本昌老先生自身的佛缘密切相关。游老先生曾经两度出家，第一次是因为曾有算命人说他活不过 13 岁，其父母担心他的安危，便在其 6 岁时将他送到上海法藏寺拜兴慈法师为师。第二次出家是其 76 岁时，在黑龙江绥芬河大光明寺剃度出家。游老先生认为对济公的塑造和演出亦是一场自己的佛教修行，所以愿意身体力行、穷其所有地将济公的文化和精神传播下去。

雕济公 —— 高公博，1949 年出生于浙江乐清，16 岁便开始从事黄杨木雕艺术创作，其创作的仿古木雕作品《济公》《敦煌飞天》《蓑翁》《酒不醉人人自醉》于 2004 年被文化部评为"中国民间工艺一绝"，并被永

久保存于中国工艺美术珍宝馆。高公博先生雕刻的济公，运用一种开创性的"点睛"式的雕刻手法，艺术化地将亦庄亦谐、外丑内美的人物形象充分、立体地展现出来。高公博先生在创作《济公百态》的作品时因为济公独特的个性和人物形象，发明了一种新的雕刻方式。有一年冬天，高先生偶然发现邻居家有一块畸形的树根被扔在了厨房，他看到以后突然发现这不正好可以与济公平日里疯癫的形象合为一体吗？之后，他改变了传统的木雕对于木料的选择，放弃使用那些笔直、无缝隙且无疤痕节点的木料，改用一些弯曲、畸形的木材，并且将其本身的疤节作为亮点，巧妙地利用天然的木材曲线和疤痕实现一种天人合一的雕刻。可以说，高公博先生雕刻技艺

著名雕刻艺术家——高公博

的创新与济公的形象不无关系，同时，这种革新后的雕刻技艺也更加适合济公亦庄亦谐、疯癫荒诞的人物形象。

画济公——戴云辉，出生于浙江温州，曾在中央美术学院华东分院及上海戏剧学院舞台美术深造，毕业后供职于金华日报。戴云辉的画家之路与济公有着密切的关系。那是在1987年的一次采访中，他为正在表演的游本昌先生现场画了几幅速写。表演结束后，游老赞赏地说戴云辉所画的济公，是全国最好的济公画，还在作品上题上"传神"二字。戴云辉另一幅《济公》作品上也有游老先生"艺缘"的题字。由此，戴云辉与游本昌因济公结为莫逆之交，戴云辉也因济公走上了画家的道

路。十年前戴云辉的济公画曾在第一届世界华人艺术大赛上获奖，本人荣获"世界杰出华人艺术家"的荣誉称号，之后在浙江横店影视城还开放了"戴云辉济公艺术馆"，戴云辉的画作《济公》还被法国东方博物馆特别收藏。戴云辉为什么能够画出这么传神、惟妙惟肖的济公画呢？这个秘密就在他的书房中，戴云辉的书房里有酒壶、佛珠、蒲扇、葫芦等道具，戴云辉在作画期间时常顺手拿起这些道具，像模像样地自己表演起来。他认为济公画的精髓都藏在这些细节里面，济公这个人物很复杂，他不仅性格复杂，而且其身份也非常难以定义。所以他认为画家应该在深入透彻地了解体悟济公的人物性

格、甚至可以传神地表演济
公后，才可能真正刻画出一
个生动、富有表现力的济公。
有人曾写了一副对联来评价
戴云辉，"济公画家戴美人
泼墨牛，开心果子老顽童呆
头鹅"，这也算是对济公画
家戴云辉最完美的总结吧。

　　我们可以发现济公独
特、个性化的人物形象以及
济公传说中深邃的传统文化
思想滋养了多种艺术形式，

同时丰富多元的艺术形式对
济公的形象和传说故事的改
编，不仅使济公传说得以更

著名画家戴云
辉的济公绘画
作品

著名画家戴云
辉的济公绘画
作品

济公雕塑作品

加全面地进行传播和传承，也真正使之在社会上形成了一种"济公文化现象"。2006年，《济公传说》入选国务院公布的首批国家级非物质文化遗产名录。因为济公传说是我国优秀传统文化之一，而且在民众之中也有较为广泛地流传以及深厚的民间基础，济公传说已经成为一种鲜明的文化现象。

日常生活中的济公传说

|日常生活中的济公传说|

我们除了在书籍、电视、展览馆中可以看到济公传说中的济公的形象，在平时的生活中也有济公传说的影子吗？答案是肯定的，大家回忆一下前面我们曾经提到济公传说主要的内容有三个，一是济公身世与童年的故事；二是济公扶危济困和戏佞降魔的传说；三是有关民俗风物的传说。风物传说，是某个群体对所居地方的气象、山水、景物、饮食等特征基于真实的记述并结合想象进行阐释而形成的，风物传说可以间接地反映出该群体的生活方式。人们对自己生活区域的每一座山、每一条溪流，包括树林、泉水、岩石、怪木的传说，甚至是当地某种特有天象、地形地貌、地方饮食的故事化解释都可以算作风物传说，风物传说使"这片土地"与"这群人"有了严格的对应关系。

在济公传说中存在着大量纷繁多样、生动精彩的风物型传说，这些把济公传说中各种角色形象、故事情节和传说内容，与民众日常生活中的山山水水、草木土石、小至一座桥梁、一道美食，大至一个村庄和地点的命名联系在一起，实际是将以济公传说为载体的济公信仰和文化，与讲述者们生存的空间、生活环境、讲述者自身紧密结为一体，不仅使济公文化在民间信仰中的渗透力得到增强，同时也提高济公文化在民众日常生活和神圣生活中的地位。纵观与济公相关的风物传说，无论是关于地方风物还是现代旅游风景区建构的传说，它们始终围绕着济公救世济民和降魔除魔的传说，多是通过传说内容、情节和人物的衍生、粘结、变异而形成的。下面我们将了解济公的民俗风物传说。

饮食中的济公传说

随着济公传说的传播，济公风物传说与我们日常生活中的方方面面都产生了密切的联系。大家肯定都听说过一个妇孺皆知的成语，民以食为天，是指人们以粮食

作为自己生存中最重要的东西，反映出中国人对于饮食重要性的认识始终贯穿于中国文明发展的进程，饮食文化也因此成为中国传统文化的重要组成部分。在济公传说流传较为广泛的浙江、江苏一带，有许多地方传统美食都与济公传说有着密切的关系。

无锡肉骨头，作为无锡三大特产之一，其诞生与济公有着一段不解之缘。一天，无锡城里来了一个衣衫褴褛、手持蒲扇、脚蹬破蒲鞋的乞丐。他来到一家熟肉庄讨钱，店主说要钱没有，给你一块肉吧。原来这乞丐就是济公，济公接过肉，不一会儿就把肉吃完了，吃完便又找店主要，就这样吃了要，要了吃。最后店主不高兴地

说："你把我卖的肉都吃完了，那我明天还卖什么呀？济公笑着说，那就卖骨头呗。说着就拉下几根自己蒲扇上的蒲筋，缠在自己刚刚啃完的骨头上，并对店主说："你将这些骨头拿去蒸煮，我吃过的肉定会加倍奉还的。"说罢，济公摇摇晃晃地走了。第二天一早，店主将信将疑地将这些蒲筋和肉骨头放入锅里蒸煮，谁知才一会儿就异香扑鼻，整个无锡城都能闻到肉骨头的香味儿。从此以后，这家肉庄便开始经营起肉骨头的生意。直到现在，人们去无锡游玩，一定会去尝尝由济公和尚发明的无锡肉骨头。

五味粥的来历是流传在浙江天台山一带。每年春节大年初一的早晨，家家户户都要煮五味粥，五味指的是红枣、赤豆、芋头、番薯和豆腐五种食材。为什么要煮五味粥呢？据说是当地百姓为了纪念小济公。传说，小济公初到国清寺出家时，每天看见其他年轻的和尚煮饭、磨豆腐时都大手大脚的，根本不懂得珍惜，随意糟蹋粮食。小济公看到粮食被浪费，十分心痛，便每天把那些吃剩的豆子、饭粒捡起来，拿到河里洗净，晒干然后存放到缸瓮中。这样过了几年，小济公不知收拾了多少豆干、饭干、红枣干……

有一年除夕，国清寺的方丈对大家说："明天就是初一，你们有谁能够不用寺里的一粒粮食做出美味的早餐？寺里的和尚们你望着我，我看着你，议论纷纷却

济公雕像

没有哪个敢站出来响应。这时，小济公大声说道："师傅，让我来试试吧。"大家一看，原来是整天专捡残羹剩饭的小济公，不禁嗤嗤笑了起来。第二天一早，小济公用之前收集的饭干、豆干煮出来一锅红、白、黄各色的米粥，不仅好看而且香气扑鼻。方丈表扬了小济公，将这米粥命名为"五味粥"，并决定

每年初一都要煮这种粥，一来是为了表扬小济公，二来是表示全年都要勤俭节约，三来是取个好的寓意，预示着新的一年能够五谷丰登。直到今天，民间还一直延续着这个传统。

饺饼筒的来历，如今在浙江新昌、天台、宁海、三门、象山一带随处可见一种街边小吃，名叫饺饼筒，也

称卷饼筒。饺饼筒一尺来长，一头封死、一头开口，其馅料不外乎粉丝、绿豆芽、豆腐干丝、萝卜丝、土豆丝之类。因此饼常卧于平锅之上，所以总是热的，而且打包带走非常方便，可算是一种典型的平民快餐。饺饼筒的来历也与济公有着关系。

相传，有一年临近年末，济公四处串门，遇到一家人因为受灾收成不好，又面临地主前来要债，愁眉不展。济公就用这家人仅有的一升小麦粉、胡萝卜做了三十多条条状的食品，拿给这家人让他们出去躲上几天。此后，因为这种饺筒饼制作简单方便，营养丰富，而且便于携带，所以人们会在游城、郊游、登山之季制作这种食品。据说，济公在国清寺出家时，

台州·国清寺济公院

| 浙江台州现清
代济公神奇图 |

也常把一些剩余的菜肴收集起来，再裹起来制作成饺饼筒给大家吃。后来，天台人在每年的正月初一都会食用饺饼筒和五味粥，以纪念济公。

地名中的济公传说

小读者们还记得济公是哪里人吗？根据上文的介绍和相关史料记载，我们可以确定南宋时期确实有一个出生在浙江天台县永兴村的人名叫济公，虽然我们所说的济公传说并不完全是发生在浙江天台济公身上的故事。但是在浙江天台县确有许多地名与济公有着直接的关系。

在浙江天台古城小西门外有一座奇特的古桥，哪怕只是一个人走上去都会引起桥身的晃动，可是此桥历经风雨却依然伫立在赭溪之上。据说，这座桥是由济公所建造。那时候，百姓多次要求官府在赭溪上建一座桥，方便河两岸的民众，可是新上任的杜知县对此充耳不闻，却对国清寺的镇寺法宝金木鱼垂涎三尺。济公心想一定要惩制这个不作为的知县。一天，杜知县坐着八台大轿，抱着刚刚从国清寺方丈那里死皮赖脸要来的金木鱼，一行人好不威风。济公拦住他们的去路，用破蒲扇扇了扇，顿时狂风大作，暴雨倾盆而下，赭溪大浪滔天，杜知县一行人被大风刮得东倒西歪，纷纷落入水中，成了落汤鸡。那金木鱼也随之落入水中，济公用蒲扇朝着木鱼扇了扇，只见那木鱼越变越大，最后变成了一座扁圆的小山丘，后来人们就把它叫作"木鱼山"。而那只木鱼棒则随着溪水流到了

小西门外，济公对着木鱼棒吹了口气，让它变成了一座石桥，架在赭溪之上。当地百姓为了感谢济公便将此桥取名为"李济桥"，而后又传成了"利济桥"。

在天台县小南门外有一个村名叫"广济村"，村里老一辈人说，这个村子原来叫"溪岸村"，村边有一条终年不断流向东海的始丰溪，后因得到济公的帮助改名为"广济村"。据说，以前村里有一个名叫许安的年轻人，他每天早出晚归到溪边捕鱼，每次都能够比其他村民捕获更多的鱼虾，后来他为了帮助村里打不到鱼的村民，便将自己捕鱼卖的钱分给村里其他百姓。济公得知后，非常赞赏许安乐于助人的行为，为了奖励他，济

公用自己的破蒲鞋给村子里的每户人家变了一张竹筏，方便他们捕鱼。而且还为村子里赶来了许多鱼和鸬鹚，就这样溪岸村的渔民的日子一天比一天好。人们为了感谢和纪念济公的帮助，便把原来的村名改成了"广济村"，这个名字一直延续至今呢。

相传杭州西湖畔有座飞来峰，其来历也与济公有关。一天，在杭州灵隐寺出家的济公突然发现远远的天空中飘来一团黑乎乎的东西，他定睛一看，是一座小山峰。眼见这小山峰马上就要落在灵隐寺前的村子里了，如果不让百姓们赶快离开，不知道会砸死多少人。可是村子里有户人家正在办婚事，根本没有人相信济公的劝告。济公灵机一动背起新娘子就往外跑，全村人追着济公跑了出去，等把大家都带离了村子，刚停下脚步，一座小山峰轰隆地落在了村子上，大家这才恍然大悟，纷纷感谢济公。后来，人们就将这座小山峰取名为飞来峰，据说现在飞来峰东南侧还有一个叫青林洞的石洞，洞里还有济公睡过的石床和留下的

| 浙江天台
石头墙 |

手掌印。

风景名胜中的济公传说

传说不仅是民间文学中的一种形式，同时也是我们民俗生活中的一项重要的内容。以济公传说为例，济公风物传说本身已经成为了地域的靓丽文化风景线，在济公传说流传最为广泛的区域，一系列有关济公传说的风景区被开发出来，这些风景区不仅可以让我们身临其境地感受和体验济公文化，并且对济公文化的传播与传承起到了积极的作用。如果小读者们感兴趣，不妨以后到这些济公曾经生活过或者济公传说中的地方走一走，看一看，真实地感受济公的传说。

浙江天台县永宁村是济公出生的地方，在这里济公

济公故居的济公画像

度过了快乐的童年生活。现在永宁村内修复了济公故居，该故居主要由济公李氏祖居、济公李府私家花园、济公佛殿三大主体组成。其中济公李氏祖居为南宋浙东"三进九明堂"的形式建筑，故居内有厅堂、卧室、书房、福堂、祖堂，并设置了古家具、有关济公的图像、图片以及有关济公研究资料的展

国清寺风光

浙江天台济公故居

示，力图再现南宋时济公的生活原貌，并加深人们对历史上真实济公的了解。其实，作为济公出生地的永宁村也非常值得大家参观游览，村内不仅有两座雕刻精美的牌楼，而且村子内修复了宋式街坊建筑，让人仿佛置身于南宋时期人群熙攘的街道之中。一条潺潺流动的赭溪穿城而过，《小济公芥菜叶泼水救净寺》《利济桥的来历》《小济公神潭隐身救童》的神奇传说都发生在这条溪上。

在距离天台城北三千米的地方就是国清寺，虽然济公是在杭州灵隐寺出家为僧，但真正让济公与佛门结下深缘的却是在国清寺。国清寺与济南灵岩寺、镇江栖霞寺、江陵玉泉寺并称为"天下四绝"，是我国佛教宗派之一"天台宗"的发祥地，

|浙江天台国清寺庙门|

|浙江天台国清寺庙门|

|浙江天台国清寺罗汉堂|

也是日本天台宗的祖庭。相传国清寺建造于南朝陈太建七年秋，并有预言"寺若成，国必清"，这也就是国清寺名字的来历。国清寺在唐朝几经拆毁，又经元明代几度重修，我们现在看到的国清寺基本是清雍正十二年重修的。在国清寺内有隋梅一株，据考证，该树距今已有1300多年的历史，是中国国内三株最古老的梅树之一。国清寺除了济公出世的传说外，

还留下了很多有关济公和尚的故事，例如破蒲扇的来历、五味粥的故事、饺饼筒的传说等等。

杭州灵隐寺是济公和尚出家的地方，也是我们探寻济公文化的另一个好去处。灵隐寺始建于东晋咸和元年，至今已有约1700多年的历史，作为杭州最早的名刹，灵隐寺也是我国佛教禅宗十大古刹之一。灵隐寺内有专门修建的济公殿，里面供奉着三尊济公塑像，殿中四面墙壁上画有十八幅壁画，整组壁画高3.16米，宽约3米，连在一起有50米长，从济公出世说起，到降龙罗汉回归石梁五百罗汉道场为止，精炼完整地叙述了济公和尚的一生经历。透过这组壁画，我们不仅可以看到济公和尚乐观洒脱、幽默诙谐的形象，还可以欣赏南宋时期杭州烟雨江南的山水风景。所以在灵隐寺，不仅可以感受千年古刹的历史气息，还可以远眺飞来峰、参观济公殿、近看济公画，重访济公出家的地方，回味济公传说的魅力。

济公一生云游四海，普济八方百姓，因此除了在济公传说诞生的浙江省之外，在全国的其他地区都有济公

│浙江天台国清寺│

浙江天台国清寺大雄宝殿

浙江天台国清寺雨花殿

传说的流传，也有许多地方开发了有关济公传说的旅游风景区。在湖南邵阳河伯乡新坪村后石森林中有一个由十余个石灰岩溶洞组成的风景区，名叫济公岩景区。传说很久以前，济公曾经在新坪村修道一年，因此在这里留下了很多遗迹，如济公岩、济公亭、济公井、念珠葫芦等等。济公岩景区自然景观浑然天成，别具一格，其历史渊源深厚，由于与济公这一神奇人物有关，更加增添了该景区的传奇性和人文性。

北京香山碧云寺里也有一座罗汉堂，里面塑有五百零八尊罗汉像。但奇怪的是，每位罗汉都有自己的座位，而唯独济公和尚独自蹲在房梁上。这还与一个济公传说有关呢。据说，一天碧云寺罗汉排位，济公早早来到寺门前，见大门还没开，便在周围闲逛。路遇一个姑娘求救，说是被一位公子哥追着成亲。济公使了一个计谋，将一只普通的麻雀装成神鸟，等公子哥用身上所有钱买下神鸟后，济公将麻雀放飞，既帮助姑娘脱了身，又

浙江灵隐寺

|浙江灵隐寺济公殿|

|浙江灵隐寺济公殿济公佛像|

将公子哥给的钱赠与姑娘。可是等济公送这姑娘回了家，再赶回碧云寺排位时，寺里已经再无空余之位。济公无奈只得爬上房梁，在罗汉堂的房梁上"定居"下来。如果小读者们好奇的话，可以到碧云寺去看看，济公和尚的塑像究竟在哪里。

除了以上的风景名胜区外，在云南宾川鸡足山铜瓦

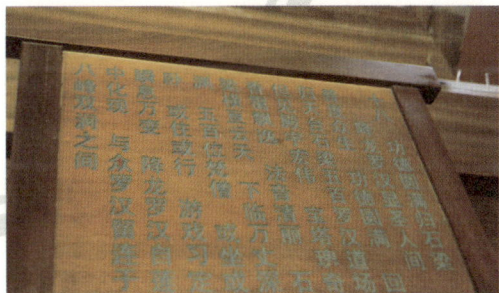

寺、海南奇石景区的澄迈济公山、辽宁省阜新市海棠山的喇嘛洞都有与济公传说有着紧密联系的景观。

无论是传统风物传说或现代旅游景观，济公风物型传说，不仅可以满足大家的好奇心，还可以将济公文化

| 海南澄迈济公山 |

| 辽宁阜新海棠山喇嘛洞 |

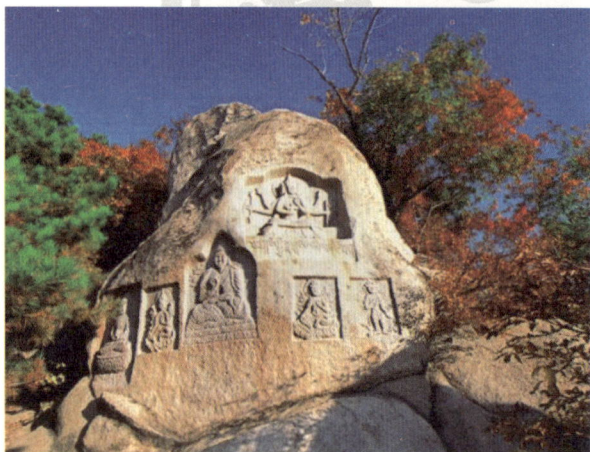

通过再创造、再建构，使其更加符合当今现代社会人们的喜好，在一定程度上扩大了济公文化的传播广度，发扬了当地济公文化。相信当小读者们真实走进济公传说的发生地后，再次回忆起济公的传说肯定会有一种别样的体会。

济公的传说在不断地传承着，济公身上乐于助人、惩善扬恶、豁达开朗的精神是我们需要学习的。如果小读者们想要继续了解济公的传说，可以通过书籍、影视等方式足不出户就能获取济公的传说。当然，也可以选择亲身游览济公出生、生活以及济公传说发生的地方，来体验当地的风土人情，对我们更深入、全面地了解济公会有极大的帮助。

图书在版编目（CIP）数据

　　济公传说 / 周灵颖编著；林继富本辑主编. -- 哈
尔滨：黑龙江少年儿童出版社，2020.9（2021.8 重印）
　　（记住乡愁：留给孩子们的中国民俗文化 / 刘魁立
主编. 第五辑：口头传统辑；一）
　　ISBN 978-7-5319-6523-7

　　Ⅰ. ①济… Ⅱ. ①周… ②林… Ⅲ. ①民间故事－作
品集－中国 Ⅳ. ①I277.3

　　中国版本图书馆CIP数据核字(2020)第178832号

记住乡愁——留给孩子们的中国民俗文化　　　　　刘魁立◎主编
第五辑 口头传统辑（一）　　　　　　　　　　　林继富◎本辑主编
济公传说 JIGONG CHUANSHUO　　　　　　　　　周灵颖◎编著

出版人：商　亮
项目策划：张立新　刘伟波
项目统筹：华　汉
责任编辑：李　昶
整体设计：文思天纵
责任印制：李　妍　王　刚
出版发行：黑龙江少年儿童出版社
　　　　　（黑龙江省哈尔滨市南岗区宣庆小区8号楼 150090）
网　　址：www.lsbook.com.cn
经　　销：全国新华书店
印　　装：北京一鑫印务有限责任公司
开　　本：787 mm×1092 mm　1/16
印　　张：5
字　　数：50千
书　　号：ISBN 978-7-5319-6523-7
版　　次：2020年9月第1版
印　　次：2021年8月第2次印刷
定　　价：35.00元